천년의 미소

천년의 미소

2024년 5월 15일   초판 1쇄 인쇄 발행

지 은 이 ㅣ 양해관
펴 낸 이 ㅣ 박종래
펴 낸 곳 ㅣ 도서출판 명성서림

등록번호 ㅣ 301-2014-013
주   소 ㅣ 04625 서울시 중구 필동로 6 (2, 3층)
대표전화 ㅣ 02)2277-2800
팩   스 ㅣ 02)2277-8945
이 메 일 ㅣ ms8944@chol.com

값 10,000원
ISBN 979-11-93543-83-2

표지 이미지 : 얼굴무늬 수막새(경주1564), 국립경주박물관

* 공공누리 제1유형에 따라 국립경주박물관(gyeongju.museum.go.kr)의 공공저작물 이용

양해관 제5시집

천년의 미소

도서
출판 명성서림

시인의 말

(시집을 퇴고하며)

시詩밭 갈아 엎을 때 입니다
검은 그루 묵정밭은 시인의 손길을 기다립니다
바람은 기억의 저편 나노 크기의 뇌세포를 깨우고
시 밭으로 불어와 설렁줄 당깁니다
보습을 따라 볏밥 넘어가는 흙덩이는
긴 사래를 만들며 나아가고
이랑 에는 묵정밭에 잠들어 있던 각종 낱말들이
수북이 쏟아집니다
한글 낱말들과 사투리 그리고 외래어도 많습니다
시집에 되도록 유기농 토종 낱말을 많이 골라
담았으며 배열은 바람과 시간의 척도로 했답니다
퇴고와 편집을 할 때면 늘 부족한 점을
채우지 못하는 아쉬움만 가득합니다
낯 간지러운 염치 불구하고 부족한 시집

천년의 미소를
상재하오니 너그러이 해량해 주시기 바랍니다
감사합니다

양해관 절

┃목차┃

1부

삶의 그릇

아이야

원하는 그릇의 차이가
무엇인지 몰랐겠지
눈자라기*때 기억들은
급변하는 변화에 수몰 되고
그 속에서 자라난 그릇의 덩굴이
보편적인 함수를 띠게 될 것이니
장차 이성의 열매를 맺게 되겠지

이성의 열매가 비뚤어져도
정의는 바로 서 있을 것인 즉
그릇의 차이가 있을 때도
표준에서 바라보는 세상의
필요 함수는 일정하더라

❙ 눈자라기 : 아직 혼자 앉지 못하는 어린아이

참꽃 필 때

콘체르토 합주가
온 산에 울려 퍼지면
봄 날 축제의 제전이 시작된다
참꽃이 너울 쓰고
핑크빛 주단을 즈려오면
마치
모네의 순결한 색상처럼
장엄한 아카펠라* 합창처럼
화려하기만 한데
짧은 봄날의 한나절이
과연 아수로울 뿐
행여 금새 이울게* 될까
궁따며*
안절부절 하네

아카펠라 : 무반주 합창곡
이울다 : 시들다
궁따다 : 시치미 떼고 딴소리 하다

도공과의 약속

심혈을 기울여 구워낸 자기
일일이 훑어보는 도공
티끌 하나 장인의 눈을 피해가지 못한다
가차 없이 깨뜨려진 조각들
1200도 불가마 속에서
도공과의 지엄한 약속을 어겼다
완성이 인내의 지평을 초월할 찰나인
해탈의 경지에 저자 거리의 사심
한 조각 날아들었다
사심은 완성으로의 한 점 오점임을 알았지만
현실의 편리를 뿌리치지 못하여
오랜 시간 공들인 구도의 도의를 깨뜨렸다
바끄러운* 사심을 기소한 후
인내와 회한을 지피고 또 지피면
마뜩한* 천 년 백자 탄생할까

> 바끄럽다 : 매우 떳떳하지 못하여 부끄럽다
> 마뜩하다 : 제법 마음에 들다

진공청소기

저자거리 요소를 차지하고
방종의 시간 하릴 없는 객체들
진공 청소기의 하마 같은 입 속으로
송두리째 빨려 들어간다
선택 사항이 아닌 일들은
늘 공허함으로 객쩍은* 느낌이지만
공변된 삶은 컷트라인이 없거나
예고 없는 불청객처럼 찾아온다
보편성 위에 길들여진 카타르시스
필요악으로 만들어진 사회는
필요 속성을 꾸역꾸역 먹어치운다
이제 진공청소기의 필터를
새로운 트렌드의 알고리즘*으로 만들어진
시대의 필터로 바꾸어야 할 때다

> 객쩍다 : 쓸데없고 싱겁다
> 알고리즘 : 문제 해결을 위한 공식

하지 연가

낮이 가장 긴

무더운 하짓날을
한 자락 베어내어
칠 팔월
뙤약볕에 잘 말려
임의 칫수에 꼭 맞도록
마름질 해 두었다가
동지 섣달
북풍한설 몰아칠 때
임이 오시면
고이 입혀 드리리

붓의 곬*

가문 연전 봇도랑에 꽃 이슬 대어
황소 앞세워 써레질로 가고 오니
사래긴 거웃마다 검은 꽃 풍년일세

모지랑붓 흠뻑 묻혀 하늘에 뿌리노니
생로병사 고단한 인생길 등불되어
어두운 길 훤히 밝혀 주는구나

또다시 염필*하여 탁류에 휘저으니
희로애락 혼탁하여 여울진 급류가
맑고 고요히 노래하는 시조되어 승천 하더이다

허위단심 걷던길이 벼랑끝에 이를지라도
일떠서 한 획 그어 놓으니
벼랑끝이 청산유수 되어 절로 흘러 가더이다

> 곬 : 한쪽으로 흘러가는 길
> 염필하다 : 붓에 먹물을 묻히다

투표를 마치고

만족의 농도를 느끼지 못하는
평범한 사람들은
불만족의 미래를 예측하기 위해
동구밖 커다란 느티나무 아래
그네에 앉아 가속도와 반작용의
해답을 구하고자 고심에 빠져있을 때

베르디의 개선행진곡 소리가
호감과 비호감 사이를 비집고
멀리에서 점점 가까이 들려온다
이제 조금 기다리면
승자와 패자의 아침이 밝아온다
축배의 잔
픽션의 카타르시스

날이 밝아온 벽보 앞에
뭉크*의 절규에
무너진 공든탑만 남아있을 것이다

▌ 뭉크 : 절규를 그린 노르웨이의 화가

약자의 인권

약자가 외치는 인권은 어리석음이었나
탄압을 참고 견디는 것이
참다운 인격의 척도로 평가 되었으니까
인권은 영원한 자존적 양심과
민주화를 지키기 위한 약자들의 소망이었다
탄압의 주체들은
평등한 양보임을 주장하지만
인권을 외치는 약자들의
합당한 희망과는 너무 거리가 멀다

앵벌이처럼 하루 이십오시를 뛰는
자영업자나 중소기업은
대기업의 저인망 싹쓸이에
인권을 외칠 겨를도 없이 걸려든다

태평성대 처럼 보이는 시대에 권력만
후일 역사의 주인공으로 보일 듯 하나
약자의 인권은
결국 강자의 탄압을 축출하게 되겠지

다산초당

만덕산 산비탈
하늘을 찌를 듯 빛접게* 서 있는
수 백년 노송이여
그대도 천주교를 믿었다는 죄목으로
이곳으로 유배 왔는가
죄도 아닌 죄목에 기약 없는 유배생활
달이 강진만 너머로 떠오를 때면
한양에 두고 온 처자가 그리워
하얗게 지새운 밤들
시집올 때 입었던 아내의 다홍치마를
눈물로 마름질 해
붓으로 맺힌 한 흠뻑 묻혀
하피첩과 매화병제도를 만들었지
임은 가셨지만
임의 손때 묻은 초당과 차나무가 반겨
작은 가슴속에 꺼지지 않을
등불 하나 켜 담고 갑니다

▍ 빛접다 : 떳떳하여 부끄러울 것이 없다

완성하지 못한 시

플라즈마 너머
끝 없이 펼쳐진 우주
랩소디 음향이 살차게 질주하는
시공의 더께를 샅샅이 톺아 낸다
기억들의 질서 정연한 모습
시작과 끝
그리고 현재의 좌표가
어디쯤인지 가늠해 본다

빈 틈 없는 신경돌기의 촉수
꿀벌이 꿀을 찾아 꽃밭을 누비듯
신경돌기 촉수 사이의 갈피를 뒤지며
유전자가 서로 비슷한 낱말들을 모두
용의선상에 올려 놓았지만
알리바이를 완성하지 못하고

채우지 못한 여백만 아수로운 채
긴 밤 다 새도록
애꿎은 붓방아만 찧다
오늘도 우주 미아가 된다

나사못의 희생

가고 싶은 곳 많고
오라는 곳도 많은데
쓰임새의 가치를 저버리고
욕심의 꼬리에 편승해야 하는가
유혹의 지평을 넘기 전에
가치를 용도에 붙들어 매는
탕개*가 될 것인가
쓰임새와 직책에 따라
품격이 달라지는 것이라 했지
도덕적 행위의 목적을
우선 타인의 이익에 두고
비뚤어지고자 하는 이물질 사이에
작은 육신을 던져
적어도 백년 동안 꼼짝 못할
희생을 하기로 결정하는 순간
품격은 보편적인 평가로 매겨진다

▌탕개 : 물건을 묶은 줄을 바싹 죄는 물건

사랑의 자물쇠

사랑하는 청춘남녀 간절한 약속은
목멱산* 봉머리 맹세의 장벽이 되어
천년 두고 흐르는 아리수를 굽어보고 있구나

지고지순한 사랑 미래의 변심에 대비해
풀 수 없는 자물쇠로 차깔*해 놓고
지금 어느 세월속 가녘을 걷고 있을까

건밤 새운 맹세의 끄나겡이 붙들고
오늘도 여전히 지고한 아름다운
사랑을 꽃피우며 수마석*같은 커플로 살아갈까

건몸 달은 얼김에 허설쑤 아첨이
어설픈 갯값 사랑이 되어버린 후
낯선 대문 앞에서 곁쇠질* 하고 있을까

> 목멱산 : 남산의 옛 이름
> 차깔하다 : 잠그다
> 수마석 : 물에 닳고 닳아 맨질맨질 해진 돌
> 곁쇠질 : 제짝이 아닌 열쇠로 열려고 애씀

달님과 동침

아파트 맨 꼭대기 층
오늘은 포근한 안방을 접어 두고
거실에 나와 잠을 청하기로 하자

거실에 누우자마자 내 옆자리를 차지하고
이불 속까지 파고 들어
잠못이루게 하는 열 아흐렛 달님

안방에는 눈치를 살펴야만 하는 마님
거실에는 눈치를 주어야 하는 달님
그런 날 보고 박장대소 깔깔웃는 별님

마님 달님 별님
스치는 월야의 춘정에
수피즘*으로 지새는 이국 같은 밤이여

❚ 수피즘 : 금욕 고행 청빈을 중시하는 종파

셀프 시대

처음에는 태만에 치이고
불신에 흔들리고
다음에는 선입견과 편견에 막혀
뿌리를 제대로 내리지 못하였다
천번의 시행착오를 겪은 이제
뿌리를 깊게 내린 셀프가
무성하게 자라나
불신과 편견은 설 자리를 잃었다
셀프는 어느덧
합리와 편리의 기반 위에
자유의 맞갖은 열매를 풍성하게
가꾸고 있다
과연 그대는
셀프에 얼만큼 능숙한가

대출심사 현장검증

쌀 독 바닥 긁히는 소리에 놀라
자존심과 품격을 전당포에 잡힌다
먼저
행복을 보장하던 보금자리를
푼어치 돈냥의 가치로 환산한다

그 다음
은행의 잣대로 인품의 길이를 재고
자존심 무게를 인색하게 측정한 다음
인격에서 자존심을 모두 훑어내는
인격 강등을 한다
지갑 속 돈을 낱낱이 세고
지출의 행방을 속속들이 심문하여
돈을 빌려줄 것인지 아닌지를 심사하고
빌려줄 수 있다는
시험대를 가까스로 통과하면
얼만큼 분량의 쌀독을 채워줄 수 있는지
자존심의 한계를 측정한다

스스로도 몰랐던 수치로 환산된
인생의 가치를 보고
풀죽은 이성이 크게 나무란다
고리대금 업자들은
물 한 방울 바람 한 점
샐 틈 없는 온갖 방편의 약정을 받고서
매달 일정한 땀과 정성을 요구한다

절반은 은행에
절반은 신께 저당 잡히고
과연 내 몫은 남아 있는가

봄바람 바람

바람 없는 겨울 동안
축 늘어진 벽시계는 도도하던 이성을 잃고
분 초를 낱낱이 헤아리지 못하였다
형이상학의 어설픈 철학을 외치던 선비도
인생의 허무함을 논쟁하던 방랑자도
벽시계 안에서 미이라가 되었다

주인 없는 광야에 볕그림자가
시위하며 인격의 가치를 외치기 얼마이던가
긴 잠에서 깨어난 대지는
기연가 미연가* 졸음과 게으름을 토해내고
산과 들이 갈무리 해두었던 바람이
페시미즘의 외로운 보헤미안*들을
긴 혀로 핥으며 가녁을 훑고 있다

봄바람에 꽃망울의 은밀한 살이 열리니
춘기에 겨워 어찌 꽃바람 나지 않을소냐
봄바람이 청춘남녀 수줍은 살쩍*을 애무하니
금새 청춘들의 허파에 바람이 들었다

이 찬란한 봄날에
바람나지 않고 언제 나랴

기연가 미연가 : 그런지 그렇지 않은지 긴가 민가
보헤미안 : 집시
살쩍 : 귀밑

매화

깊은 밤 지새우고 새벽 돋을 양지에
홀로 핀 매화야

잔설가 저며오는 차운 바람에도
하얗고 순결하게 피었구나

금수강산 누렇게 뒤덮은 황사에도
맑은 향기 잃지 않으니

욕심 만을 탐하는 설 익은 마음으로
어찌 너의 깊은 뜻을 알리요

하늘공원의 억새

도홍빛* 아름답게
황혼을 물들인 아시저녁*
아리수 앞다투어
가을 속으로 엔굽이치면
겨끔내기로 불어오는 바람 타고
새품*은 노을 속으로 달려간다
쓰레기 틈서리 에서 모질게 싹을 틔워
간지게 자라난 긴 모가지
반짝이며 피어난 물찬 은빛 새품은
색깔도 향기도 없이
여인들의 추심을 사로잡았구나
철 겨운* 어느 날
비임개질* 가풀막지게 다가오면
시인의 가슴이 피난처가 되어 줄게

도홍빛 : 복숭아빛
아시저녁 : 이른 저녁
새품 : 억새의 꽃
철겹다 : 철이 좀 지나다
비임개질 : 낫질

천년의 미소
마포구 하늘공원 시인의 거리에 게시되어 있음

태고적 순간을 꿈꾼다
천년들이 수 없이 흘러가고
유구한 역사들이 저물어 갔다
사나이가 거대한 화강암에 달라붙어
미소의 흔적을 일일이 톺아*낸다
억년 세월의 고통을 깨어 쪼아내고
수심을 한 가닥씩 잘라내고
소망을 갈고 다듬기를 거듭하니
부드러운 미소와 늠름한 자태가
시대의 희망으로 천하에 드러났다
세포 하나까지 찾아낸 석공의 손길
그 부드러운 숨결
천년의 미소
시나브로
저쑵게* 될 만인의 멍든 가슴들

톺다 : 더듬어 찾아내다
저쑵다 : 신이나 부처에게 절하다

모란이 지고 난 후

얕은 산 자락에 자리잡고 있는
김영랑 시인의 생가터
아늑하고 포근한 고향처럼 감싸오는 것이
모성애 같은 모란의 품 넓은 사랑 때문이리라
소란한 매미소리 앞다투어
시낭송 하듯
무더위를 파도처럼 한소끔 몰고 오면
집 뒤 곧게 뻗은 대숲에서
소쇄 소쇄
여름노래 소리가
시원한 생량머리 바람으로 화답하며
무더위와 매미 소리를
아득한 들판 저편 강진만으로 날려 보낸다
모란꽃은 지고 없지만
시인은 영원히 지지 않을
모란꽃을 산자락 가득히 피워 놓았다
천년을 들고 나는 강진만에
푼더분한* 모란꽃이 뚝뚝 떨어진다

▎푼더분하다 : 생김새가 두툼하고 탐스럽다

2부

시어를 낚아서

황혼녘 노을빛은
천 이랑 만 이랑 금실거리며
줄첩첩 밀려오는 파도에 부서지누나
그 아래에는 월척 시어들이 이드거니* 하겠지
큼직하나 너무 흔해 맛이 없는 시어
금지체장*에 해당하는 너무 작은 시어
갈매기도 제 둥지 찾아 노을 사이 비집고 날을 때

낚싯줄에 사운대던 바람도 잦아들었다
어둠 앞에 산화되는 시간은 고갈되고
수심 깊던 인내도 바닥이 드러났다
그 때
낚싯대가 팔을 흔들고 요동치며
도홍빛 까치놀 고요를 깨운다
기다리던 시어를 드디어 낚았으니
흥겹게 손질하며 맛간을 하자
군더더기 조사와 부사를 잘라내고
어울리는 품사를 찾아 곁들이자

형용사와 동사를 적당히 썰어 넣고
행간마다 감탄사와 월점*을 뿌려
푹 쪄내니
비록 퇴고 하지 않았지만
읊어보니 맛깔스럽구나

이드거니 하다 : 넉넉하게 그득하다
금지체장 : 알배기와 작은 물고기는 포획 금지
월점 : 문장의 구조를 위해 쓰는 여러가지 부호

영끌 채무자*

중력은 대지의 평방 센티미터마다
빈 틈 없이 압력을 가하고
낮에는 햇빛으로
밤에는 별빛으로 길미*는 낱낱이 계산되며
청보리 익어가는 낱알마다 이미 숫자를 세어놓고
도조를 매일처럼
천이랑 만이랑 점검한다

도심 까치들은 수다스럽게 봄꽃놀이 외쳐대며
금빛 지갑과 여권을 챙기며 우쭐거린다
정의와 공정은 분리수거 되어
회전날개에 감긴채 쓰레기차에 실려 가고
부도덕과 불공정이 비만의 도심을 가득 채워
채무자의 양심을 짓누르며 쌓여간다
자존심은 이미 누더기가 되었다

아직 팔딱이는 심장 한 조각 움켜 안고
아무도 찾을 수 없는 깊은 바다 속으로 대피하여
낯선 주변을 둘러본다
평방 센티미터 마다 촌각도 빠짐없이 가해오는
수압을 더 이상 감당할 길이 없다

탈출구가 없다는 사실을 깨달은 그 곳은
채권자가 만들어 놓은
거대한 수족관이었다

영끌채무자 : 영혼까지 끌어한 투자자들 고금리에
한숨
길미 : 이자

진실이라는 것

사건 현장은
시간이 과거 속으로 매몰 시켰으나
가능할 것 같은 가정이
사실인지 과거를 발굴하는 것

겹겹이 쌓인 시간 자락을 들추어내
과거 시점을 진실에 대비시켜
진위 여부를 밝혀 내야 한다

그러나
진실이란 명분일 수 있다
빛이 블랙홀의 중력에 왜곡 되듯이
진실은 권력의 힘에 의하여 왜곡된다
왜곡된 진실은 훗날 역사에서
증명할 책임이 있을 뿐

꽃비 내릴 때

꽃비가 내린다
밤새도록 내리는 꽃비에
새물내* 나도록 행궈 뽀송 하게 말려둔
마음이 다 젖었다
떨어진 꽃자루마다
아쉬움이 맺혀있고
그 아쉬움을 자양분 삼아
채움의 새싹이 자라난다
떨어진 꽃잎들은
스트라빈스키 박자에 맞추어
불어오는 바람을 타고
시공을 넘나들며 춤을 추지
봄의 제전* 선율이 멈추면
꽃비는 호안길 너머로 사라지고
갈색 위에
생명의 초록이 한소끔 피어나겠지

| 새물내 : 마른 새 빨랫감에서 나는 냄새
| 봄의 제전 : 작곡가 스트라빈스키의 발레 음악

신들의 출퇴근

고속으로 달려온 열차가
플랫폼에 신들을 한가득 토해낸다
쏟아 놓은 신들을
차례로 이동 장치가 실어 나르며
낱낱이 행선지 선별을 한다
목적지 노선 별로 구별하고
내려야 할 위치 별로 선별한다
화물 같은 꼬리표는 없으며
크기나 모양새나 신선도 별
구별은 하지 않는다

영악한 신들은
서로 섞이거나 잘못 내리지 않는다
미리 정해진 목적지의 허락된 공간에서
보편적인 가치를 위하여 종일 업무를 하고
다시 아침에 출발했던 공간으로
우주를 꿈꾸며 선별 되어 돌아온다
도중에 웃기도 하고 화를 내기도 한다

욕심 바이러스에 감염된
부적절한 신들이니까

히말라야 짐꾼의 꿈

체력의 한계는 인내와 고통을 나르고
흐르는 땀은 꿈을 나른다
세월에 장사 없다 에두르지만
인내 속 피조물은 언제나 녹색이다
열 세살 소년은
몸무게보다 더 무거운 짐을
2박 3일 동안 해발 3500고지 까지
날라준 댓가로 받는 몇 푼의 푼 돈
하루 벌어 하루 살아가기에도 벅찬 삶인데
만년설로 덮힌 아득한 은빛 봉우리처럼
꿈으로 뒤덮힌 까마득한 학비를
어느 세월에 모아 학교에 갈거나
친구들은 학교로 가는데
소년은 오늘도 무거운 짐을 지고
눈물로 한 발 두 발 끝 없이 산을 오른다
철부지 나이에 벌써
가난과 고단한 인생을 배워버린 소년
결코 놓아주지 않는 찰가난 속에서도
절대로 놓지 않는 희망의 끈

멸치와 향수

투박한 그의 눈에서
푸른 파도와 깊은 애수를 보았는가
자유는 저인망 네트워크에 걸려
줄 느런한 고지식은 꿰미에 꿰어지고
육신은 해변에서 갯 바람 축제로 시작된다
신의 배려 하에 허락된 일광욕으로
쫀득하게
탈수 되고 또 말려져
박제된 미이라가 되면
저잣거리의 담백한 안줏감으로 변신이 되지
여연드시
등뼈가 무참히 갈라지는 아픔에도
함부로 범하지 못할 염도를 지닌 채
푸른 바다의 향수는 여전히 간직하고 있구나
그 염도는
저자거리 민심의 척도이다

모감주 나무

오뉴월 무더위에 웬만큼 지쳤다
절로 피어난 꽃들은 다 시들고
장마와 삼복더위가 태양을 끌어와
무언의 협박을 자행하는 유월에
탄압중에도 그예* 초록속에 어험스럽게*
황금 색으로 피어난 그대는 누구인가
자유로운 마음 기다림이라는 꽃말
그대는 태양을 숭배하는가
무더위를 수행으로 참아내어
색바람 불어오는 가을이 오면
까만 사바의 열매는 열반에 들더라
백일 기도 불공 드리며
백팔번뇌 되뇌이는 염주로 환생하여
영겁 속세의 번뇌를 뒤척이는
불자들 손가락 사이의 보살 되어
사바세계 에서 극락정토를
내다보게 할 터이라

그예 : 결국에는 기어이
어험스럽다 : 위엄이 있어 보이는 듯 하다

서바이벌 게임

흡혈귀들이 모여 사는 성으로
소리 없이 살금살금 숨어들었다
주변은 비거스렁이* 맑은 바람이 잠푹하고
고요에 흠뻑 젖어 있다
몰래 잠입했다는 안도감으로
주어진 임무를 수행하기 시작한다
잠시 후

손바닥으로
왼쪽 어깨를 힘껏 내리치는 순간
날렵한 흡혈귀는 비단같은 두장 날개로 사뿐이 날아
나뭇잎 뒤로 여유롭게 사라진다
그들은 예민한 첨단 레이더로
나의 일거수 일투족을 감시하다
피냄새 나는 혈관만을 공격한다

어느덧 팔뚝과 손바닥은
선혈의 붉은 색으로
모자이크 장미꽃이 난만히* 피어있다
도망가는 전투기들은 기름 통에
비릿하고 붉은 연료를 가득 채웠다

주말농장 임무 수행 후
귀가한 도심에는
돈 냄새에 예민한 흡혈귀가 많이 있다

비거스렁이 : 비가 갠 뒤 바람이 불고 시원해지는 현상
난만히 : 꽃이 활짝 많이 피어있어 화려한

족발

고단한 세월 응축 되어
맞갖은 쫀득한 매무새로
마디 마디 접혀 있구나

숱한 날들을
속절 없이 갇혀 울부짖던 시절
그때는 너의 풍만한 엉덩이와
주둥이만 보였었지

갈라진 굽으로
식탁 위에 올라왔을 때
즉시 너의 발가락과 관절들을
일일이 헤아리다
서둘러 핥기 시작했지

너와 알콜은 번갈아
나의 시선을 훔쳤고
탐욕을 드러낸 이빨은
이미 해체된 너를
다시 낱낱이 해부하여
살과 뼈를 세밀하게 갈라 놓았다

발굽의 편견을 해부한 기억은
땅거미 지는 또 다른 저녁놀을
식탁 위로 초대하지

춘란이 필 때

아리따운 맵시와 어울리는
고대광실 에서 아양 떨어도 좋으련만
산비탈 거친 바위 한 켠 겨우 붙들고 있구려

마뜩한* 보살핌도 마다하고
소박한 한 방울 봄비와
청량한 한줄기 바람을 보듬었구나

눈 길 분주한 대처를 떠나
아무도 없는 외로운 두메에
그윽한 향기로 홀로 피었으니

어찌 천릿길인들
멀다 하리요

▍마뜩하다 : 제법 마음에 들만하다

나쁜 습관

지엄한

주의와 충고가

철 없는

방종을 다스리지 못하며

반성을 지펴

달이지 않은 약은

나쁜 습관

하나를 고치지 못한다

밤꽃 피어날 때

쑥독새 울어예는
후덥지근 한적한 초여름
피고개* 넘는 겨운 숲정이
깎은선비 자태의 돌개바람 한 줄기
재우치며 비스감치 사라지면
여년묵은 밤나무 춤을 추고
밤느정이* 끈적하게 뿜어대는
멜랑콜리한 향기가
열녀문 태우는 가짓불처럼 번지니
해마다 이맘때만 되면
남모르는 가슴앓이로
억장 무너지는 청상의 애태움이여
달빛 부서지는 잠못 이루는 밤이면
조롱복* 타고났다 떠나간 임
밤느정이 흐드러지게 피어있는 길
추억의 오지랖 뒤척이며
꿈길 밟아 오시리라

피고개 : 보릿고개
밤느정이 : 밤나무의 꽃
조롱복 : 아주 짧게 타고난 복

아버지의 보룻고개

샐녘에 꺽진 마음으로 얼요기 부검지* 찾아
풋낮 앞세우고 겨릅문앞 비라리* 왔느니
생생이판* 세상에 차운 대궁밥* 있으랴만
어린 푸네기* 얼굴들이 장달음 하게 하누나
풋돈냥이 허기진 배 탕개줄* 되는 반치기지만
댕돌 같은 허우대는 반주그레* 하구나
돌짝밭 가파른 고갯길에
겨운 질삿반* 작대기에 받쳐 놓고
한 숨 쉬노라니
깝죽새* 한 쌍 아지랑이 사이로
한바탕 곤댓짓하며 교태스러우니
뜬구름 같은 인생사
와유강산臥遊江山*이나 하고 가리이까

부검지 : 짚의 잔 부스러기
비라리 : 곡식등을 남에게 구걸하는 것
생생이판 : 속임수를 써서 남의 돈을 빼앗는 것
대궁밥 : 먹다 그릇에 남긴 밥
푸네기 : 가까운 제살붙이
탕개줄 : 여러 물건을 붙들어 매는 것
반주그레 : 생김새가 보기에 반반하다
질삿반 : 지게에 얹어 물건을 담는 삿반
깝죽새 : 종달새
와유강산 : 누워 산수를 즐김

인생과 퇴고

나노 크기의 뇌세포를 깨우며
번개처럼 날아와 꽂히는 영감의 신호는
신경을 타고 붓 끝에서 이미지화 된다

시상이 날아와 노니는 지면에
새가 울고 꽃들이 차례로 피어나면
깊은 시름으로 고심하는 살피마다
꿈이 피어나 무성하게 자라고
어연드시 만들어 놓은 아름다운 동산에
보름달이 찾아오고 바람도 다녀간다
혼신을 다해 일구어 놓은 동산이지만
돌짝밭도 있고 거친 숲정이도 가량맞지

다시 마음을 가다듬고 붓을 들어
투깔스러운 틈서리는 군새를 셍겨 메우고
금이 간 태*는 테*로 동여매고
지저깨비는 잔다듬어 섬질하고
퇴비 주기를 반복하니
애오라지 생뚱맞고 아수롭지만
한포국한 동산으로 거듭난다

우리네 인생도
늘 퇴고할 수 있으면 좋으련만...

태 : 그릇의 깨진금
테 : 깨진 곳을 동여 매는 줄

갑질과 위험성

Top에서 호령 하던 갑질
부덕의 수치인채
역사속에 박제 되어 잠들어 있군
한 때는 권력의 우듬지에 무성했었지
그 때
보편성을 잃은 순간의 발언이
핸드폰 타고
지구촌을 몇 바퀴 돌고서
반도체 속에 수년 동안 꼭꼭 숨어 있다가
갑질의 허물이 잊힐 즈음
잘못을 꾸짖으며 죄값을 물으니
한 순간에 Top에서 끌어 내려졌지
우듬지에는 박제될 권력들이
아직 줄 서서 기다리고 있잖아

출산 거절 세대에게

설레임으로 설계해둔
미래의 그림 같은 보금자리와
사랑하는 가족을 꿈꿀 때면
불편한 현실마저 과분하다
그 미래를 드로잉*하지 않는다면
미래에서 온 터미네이터로서
현재 철학의 가치는 별 의미가 없겠지
현재의 정서와 희망으로
미래의 보석 같은 꿈을 지향하면
미래의 가치가 현재의 행복을 일구지
개인적 현실에 대한
짧은 편리함과 무책임한 회피로
후세들의 아름다운 미래를
삭제하면 안된다

❙ 드로잉 : 설계도를 그리는 것

오월의 산빛

웃날 들어 낯꽃 해사한 날
맑고 밝은 햇살이 넌출진 너울가지
보드라운 입술로 입맞춤 하니
줄느런히 어우렁 더우렁 반짝 거리네

봄바람이 회똘회똘 봄자락 따라 불어와
함함한* 갈맷빛 산능선을 쓰다듬으니
신록의 잎새들이 반춤 추며
오월 산빛에 녹색을 덧칠하누나

억누를 수 없는 혼자만의 기쁨은
황홀한 아카펠라 선율 되어
오월의 음표마다 갖춘마디로 울려퍼지니
에코요정*의
감미로운 속삭임은
피아니시모*로 맴돌더라

| 함함하다 : 부드럽고 탐스럽다
| 에코요정 : 그리스 신화에 나오는 숲의 요정 메아리
| 피아니시모 : 매우 여리게 연주

양양 낙산사

태고적 이래 쌓인 속세의 업보를
소신공양으로 어찌 다 갚사오리
윤회의 사슬에 꿰어져 다시 태어난 낙산사
동해바다 달밝은 밤에
바라밀다* 세계로 가는 길처에
불두화 하얗게 소복하고 피어나니
차마 소신공양 못한 천년 거송
못다한 업보 부끄러워
속죄 위한 천 개의 리본 걸어 놓고
백팔배로 빌어볼레라

▎바라밀다 : 번뇌와 고통 없는 경지로 건넌다는 뜻

고향의 추억

쑥독새 풍요의 시간을 곱게 썰 때면
아득한 시간 동안 잠들어 있던 묵정밭 이랑이
쟁기 끝 회상의 볏밥으로 넘어갑니다

배동바지* 들녘이 허수아비에게 손짓할 때면
수수러진* 달님이 추억의 갈피를 들추며
예도옛날 한가위 얘기를 들려줍니다

하루를 갈고 들어오는 보리저녁*의 워낭소리
까치놀 구김살을 펴주던 다듬이 소리
그 때 어머니는
쪽박세간에 남아있는 한 줌 쌀을 안반에 털어내
아쉬움과 희망을 섞어
천지신명께 비는 마음으로
한 모태 쳐 내고 나면

아버지는
섧고 고단했던 세월의 나라미*를
길게 꼬아
한 고팽이* 두 고팽이
청춘이 떠나버린 두 무릎에
애처로운 새끼만 사려갑니다

배동바지 : 벼 이삭이 나오려고 불룩해질 무렵
수수러진 : 부풀어진
보리저녁 : 보리쌀을 미리 물에 불리던 이른 저녁
나라미 : 줄의 충청도 방언
고팽이 : 새끼줄 등을 사리어 놓은 돌림

시한부 생명인 지구

매일처럼 숨 톺아 쉬며
개감스럽게 마시는 중금속의
맛깔스러움에 그들은 더 없이 행복해 한다
날아가는 파랑새가 손에 잡힐 것만 같다
하루 일과를 마무리한 저녁 시간은 더욱 즐겁다
바따라진 탄수화물과 차진 콜레스테롤이
넋 오른 끈적한 영혼을 포로로 끌고 간다
파랑새는 이미 사라졌다

철학은 늘 이성을 나무라며
원초적 본성으로 돌아가자 타이른다
예도옛날부터
빛바랜 기억으로 길들여진 이성은
습관을 편리라 내세우며 습관에 안주한다

세월이 흐른 후
인류가 평생동안 열심히 모아 놓은
중금속과 콜레스테롤 그리고 탄소는
인생길 구석구석에 쌓이고 통로를 가로막아
지구별은 이미 쓰레기 더미가 되었다
쓰레기 더미 사이를 가까스로 피해 목적지까지
흘러 가야만 하는 오염된 혈액은
이제 더 이상
흘러갈 공간도 흘러갈 힘도 없다

하나 뿐인 지구가 죽으면 과연 인류는
깊은 후회를
어느 별에 의탁할 수 있는가
아직도 편리가 생명보다 우선인가

3부

모정의 택배

연년세세 고단한 삶의 세파에
스스로를 갈아 닳고 닳은 수마석*
흘러가는 아픈 사연도 씻겨주고
바람의 하소연도 품어주길 얼마였던가

천세난* 농산물 성긴 손길로 이름지어
보따리마다 자식들 얼굴 자빡*을 새긴다
모정을 한 가득 충이어 담은
하늘과 고향과 땀이 배어든 보따리는
분새하게 갈라진 길목을 따라
평생토록 짝사랑하는 그리움과
설레임의 DNA를 만났다

건밤 새운 염낭거미* 어미의 정성들이
보따리에서 쏟아져 나오고 새끼 거미들은
어미의 정성을 갉아 먹으면서도 그 깊은 사랑을
가늠하지 못한 채 허기진 배만 채우다
자신들에게 다 먹힌 어미의 형체를 보았을 때
뒤늦은 통곡은 어리석음을 나무라고
애옵은 후회는 억장에 사무친다

수마석 : 물에 닳고 닳아 만질만질하게 된 돌
천세나다 : 물건이 귀하게 여겨지다
자빡 : 공판장에서 가마니등의 등급을 표시하기 위
　　　해 찍는 기구
염낭거미 :새끼를 위해 자신을 다 먹히는 거미

그리운 가시나무새

차디찬 숫눈 위에
발자국만 남겨 놓고 어디로 갔나
가시나무 새여
힘에 겨운 칼바람을
숙명으로 안고 비틀거리다 넘어지면
다시 일어나 어디로 갔는가
슬픈 가시나무 새여
온기라고는 한 점 없는 겨울밤
춥고 굶주린 병약한 몸으로도
오로지 새끼들 위해 양 날개 펼쳐
얼어가는 둥지를 감쌌던 서러운 날들의
가시나무 새여
무서운 가시에 찔려
가장 구슬픈 울음 남기며
짧디 짧은 생을 살다간 가시나무 새여
어미보다 더 나이가 들어버린 새끼가
눈 위에 찍힌 어미 발자국 따라 가면서
그리운 모습 찾아 헤매지만
다시는 찾을 수 없는 가시나무 새여

네트워크와 보이스피싱

선량한 희생은
무서운 독으로 응축 되어
거미는 또 다른 희생양을 노린다
어둡고 칙칙한 혐오스러운 공간에
아라미드 섬유로 정교한 다각형의
네트워크를 촘촘하게 쳐 놓고
살생의 끈적한 타액을 발라 놓았다
초음파 레이저를 갖추지 못한
약자들은 속절 없이 걸려든다
정의가 푯대 없이 흔들리고
검증은 퇴색하고 부식되었다
힘의 논리 앞에 이성조차
선택의 방법을 잃었다
인생길 도처에 무서운 보이스피싱
당신을 뒤에서 시시각각 노리고 있다

뜨개질과 삶

마음 자락 울화 다스리며 한 마디
맺힌 한 풀고 용서와 타협하며 두 마디
문드러진 마음 자양분 삼아
대나무는 한 마디 두 마디 성장한다
어느덧 푸른 댓잎이
소쇄 소쇄
맑은 소리로 청량함을 노래한다

욕심 비우면서 한 땀
가족을 위해 기도하면서 한 땀
손끝에 땀땀이 못이 박힐 즈음
한 세월 애간장 마름질하여
옷 하나 모양새를 갖추었다

마디 마디
인내의 삶인 나무 한 그루
한 땀 한 땀
애간장으로 지은 옷 하나가
얼만큼의 아픔과 기도의 결과인지
설익은 생각으로 어찌 알 수 있으랴

팽이의 삶

날카로운 채찍 소리가
이성을 반으로 쪼개고
생각을 파고들어
게으르고자 하는 태만과
자신에게 관대한
안이함을 나무란다
매를 맞아야 바로설 수 있는 운명
아프게 맞을수록
곧게 설 수 있는
고집스런 유전자
사람들은
불확실한 매일 매일
쓰러지지 않기 위해
희망의 그곳으로 가기 위해
영혼의 채찍을 맞고 있다

밑둥치

천년을 묵언수행 중인
아래뜸* 느티나무 밑둥치
거친 태풍 모진 강추위에도
행여 요행수를 부리거나
단 한 번 일어선 적 없었지
험한 세월 꺽지게 견디어낸
아픔은 곳스러운 옹이 되고
거방한* 아름드리 자태로
마을 지킴이 되었구나

우듬지에 어린 이파리들
바람 따라 이끗 따라
철 없이 흔들리누나

아래뜸 : 아랫 마을
거방하다 : 몸집이 크고 우람하다

금계국

하와이에서
머나먼 아시아로 이민 와
꽃을 피어낸 노오란 금계국
마치 백년 전
한국에서 아메리카로 이민을 갔던
코메리칸 일 세대 같구나
뼈진 노력은 찬란한 결과로 피어났지
낯 설은 땅에 잘 적응하여
수 많은 견제를 아름다움으로 승화한
결과를 보여준 샛노란 자리매김이여
좌뜨는* 노오랑에
수수한 저자의 색상이 퇴색할까 저어 되고
후밋길 가녘으로
내려 앉지 않기를 바람이어라
더 이상 노오랄 수 없는 황금 빛
모두의 지고지순한 희망이어라

▌ 좌뜨다 : 남보다 뛰어나다

비내리는 아침

어두운 새벽을 깨운 빗소리
긍정의 기억을 초록으로 헹구고
생명의 합창되어 낙숫고랑 적셔오면

들판 깊드리 묵정 고논*에
반가운 비가 혈액처럼 흘러들어
알찬 배동바지*와 황금물결을 예고하지요

앞 산 춤추는 멧부리 능선과 숲정이에
정서의 척도로 내리는 녹색 봄비에
야생화가 부활하여 별유천지가 됩니다

정수리에 내리는 빗방울들은
등줄기를 타고 흘러 동심의 호수에 다다르니
고향의 그 시절 추억들이
산드러지게 부풀어 옵니다

| 고논 : 바닥이 깊고 물길이 좋아 기름진 논
| 배동바지 : 벼 보리 등 이삭이 나올 무렵

야생화들의 발라드

애기똥풀이 뭐람
많고 많은 예쁜 이름 두고
체면과 어울린다 할 수 없잖아
넌 그래도 괜찮아
내 이름은 개불알꽃이야
그게 뭐니 점잖치 못하게
호호호
너희들 아주 호강에 빠졌구나
나를 보고 며느리밑씻개래
에구 망측해라
어디 얼굴을 들고 다닐 수가 있어야지

미안하지만 난
지금 씨암탉 먹으러 처갓집 가는
사위질빵 이라오 부럽지요
부럽네요
난 시어머니께 주걱으로 뺨을 맞아
볼에 붙어있는 밥풀을 먹고사는
며느리밥풀꽃이라 합니다
그래도 나보다는 낫소
난 평생을 홀로 지내야 하는
홀아비꽃 이거든
항상 외로운 사람이라오
소인이 위로해 드리리다
소인은 동자꽃이라 합니다
손주처럼 불러 주시지요

모두의 얘기를 듣고
배를 움켜잡고 턱빠지게 웃는
함박꽃 옆에서
갓 피어난 배젊은 각시붓꽃이
긴 모가지 빼고 사랑초를
산드러지게 기다린다

현충일을 맞이하며

병사의 혼백이 어머니를 찾아와
업드려 목놓아 부르짖을 때
기별을 모르는 어머니는 밤새도록 뒤척이다
긴 밤 하얗게 지새던 날이여
이름모를 전투에서 산화한
젊디 젊은 청춘의 비보에
자규만 병꽃나무 가지에서
밤 깊도록 울어대던 피끓는 절규였소
그 날의 포연은
기구한 세월따라 눈물에 젖은 구름되어
고향 하늘가를 서성이고 있었다오
길들여지지 않는 세월은
늘 간절한 소망의 예각을 피해갔지
이제 일흔세돌이 지나도록
아들 소식을 찾아 험준한 전선을
헤매는 고혼의 넋이여
단념하고 떠나지 못해 구천을 떠도는
불쌍한 넋을 위해 진혼시를 바치오니
염려를 거두고 홀연히 떠나소서

시계의 근면함

찰나 사이에
기쁜 감정의 기억 숨겨 놓고
씨실 날실 승새*마다
슬픈 사연 박음질해 놓았다
과거에도 미래에도 연연하지 않고
현재에만 최선을 다 하는 근면함
하늘이 화를 내고 대지가 흔들려도
한 치 서두르거나
게으르지 않는 의연함
사람들은 초침 끝에
인격을 묶어두고 하루를 살아간다
배려 없는 초침의 잔인한 발자국 소리
머언 세월 속에서 소멸되면
오로지 영감과 별자리로
행선지를 더듬을 수 있지
시계는 수명이 다 하면
후회도 미련도 없이
아무도 머물 수 없는
찰나에 폐기된다

▌ 승새 : 피륙의 올 사이

폭풍 불던 아침

산천초목의 근심을 훑어 내리던
폭풍의 밤이 지나고
웃비 걷힌 산드러진 아침이 밝았다
어제까지 호방한 자태를 뽐내던
목련꽃이 모두 떨어지고
허전하게 꽃진 자리만 쓸쓸하구나

함초롬한 모습과
고혹적인 향기로
아름답게 피어난 향기로운 라일락아
너의 젊음을 어슨체* 하지 말라
매초롬*하고 화려하게 피어난 젊음도
오늘밤 비에 이울고* 말 것이니

어슨체하다 : 잘난체하다
매초롬하다 : 젊고 건강하여 아름답다
이울다 : 시들다

들깻잎 사랑

겨자씨 만큼이나 미소한
너의 야무진 갈무리
그 속에 꿈과 희망이 담겨 있었지
요행히 날카로운 새들의
주린 눈을 피해
작은 땅을 터전으로 부활 하였구나
억센 잡초들의 성화에도
게걸스런 벌레들의 한입 거리에도
요행을 방패 삼아 무럭무럭 자랐는데

쥐악잎*일때 모른 척 하던 농부는
갬잎사귀* 되니
갈맷빛*과 보라색 선명한 이상의
꿈을 펼치기 무섭게 데려가
밥상 위에 올려놓고
시선을 굴리며 입맛을 다시니
과연 신도 탐 내는 색상과 향기여라

쥐악잎 : 쌈 채소로 아직 어린 잎
갬잎사귀 : 쌈 채소로 다 자란 잎
갈맷빛 : 짙은 초록색

오케스트라 연주

외올실 한 가닥
끊어질 듯 다시 이어지고
이어지는가 싶으면
다시 끊어질 듯한 선율 되어
눈 앞에서 사라졌다
침묵이 어두운 공간에 흠뻑 젖어 든다

잠시 후
갑자기 휘몰아치는 광풍이
거센 파도를 앞세우고 들이친다
놀란 나무와 바위들은 일제히 숨을 멈추었고
흰 갈매기 떼는 푸른 무대 앞에서
우쭐대며 사라진다

시공을 베어내는
카라얀*의 하얀 지휘봉이
열정의 은발과 이마를 지나
대뇌와 소뇌를 예리하게 가르고
해묵은 악령들을 깨끗이 도려낸다
모든 사건이 끝났다

까마득한 설산을 내리달리던 스키어는
차거운 은백색 캔버스 설원을
직선으로 그어 내리던 순간
창공으로 솟구친다
창공의 음표들이 그를 에워싸고
아득한 피안의 세계로 사라졌다

카라얀 : 오스트리아 출신 베를린 필하모닉
오케스트라 지휘자

파일등*

어둠이 산기슭을 모두 삼키면
사바세계의 집요한 공격이 시작된다
어둠속 번뇌의 편린들
부모님과 형제자매 그리고
눈자라기 어린 조카들이 손을 잡고
일주문을 지나 요사채로 걸어온다
아미타불을 외치면서
피안의 세계로 외면 하고자
시침 떼어보지만
시침을 뗄수록
더욱 선명하게 다가오는 창밖의 영상들
방문을 활짝 열어보니

텅 빈 마당에
어둠을 뿌리치고
불어오는 차거운 밤바람만
청빈의 살품을 파고든다
더욱 정진하여
낭송하는 불경 소리와 목탁 소리가
어둡고 험준한 바위너설 고개
힘겹게 넘어갈 때
창밖 영상들은
점점이 밝혀놓은 파일등 따라
사바세계로 돌아간다
아
따라가고자 애원하는 영혼을 붙드는
비구니의 수피즘
눈물로 한 밤 지새운다

파일등 : 부처님 오신 날 초파일에 사찰 입구에 매달아
밝히는 등

잡초의 생애

잡초처럼 뼈물게 살았다 한다

잡초도 사랑 받고 싶었고
주목 받고 싶었다
그러나
관심 밖으로 방치되어
조금만 돋보이면
여지없이
뽑혀지고 잘려진다

그래도
포기하지 않고 삶을 이어간다
태풍과 눈보라가 닥쳐와도 견디며
드디어 아름다운 꽃을 피운다
꽃을 피우고 열매가 풍성해도
여전히 관심 밖 잡초일 뿐이다

그렇지만
잡초는 끈질기게 생명을 이어가
말없이 산과 들을 가꾼다

이브의 탄생

추계예술대학교 문인상 교수 화백의 도록에 실은 삽시

카오스* 시대부터
그리고자 하는 욕망은
우주에 가득차 있었다
아담이 붓을 들고
초들어 외치노니
하늘과 땅이 나누어지고
욕망의 점들은
붓을 타고 흘러들더니
선이 되어
시선의 속도로 캔버스에 꽂힌다
작고 하얀 사각의 우주 안에서
선이여
구부러지고 변화되어 생명이 되소서
드디어 선은 숨을 쉬며
면적이 되고 생명의 여인이 되었다

▌ 카오스 : 만물이 생성되기 이전 혼돈의 우주

무단횡단

하늘에서 수리가 날아오는지
뒤에서 포식자가 돌진하는지
순번을 정해 놓고 망을 보는 데에는
미어캣* 만큼의 조바심이 없다
뜨거운 횡단보도 위에 납작하게
박제된 조심성 없는 동물의 형체 옆
시멘트 도로위에 만세 부르며 붙어있는
무단횡단 하던 개구리의 형체

빨간 신호등에 좌우로 양심을 걸어놓고
걸어놓은 양심 사이로 곤댓짓* 하며
의기양양하게 건너간다
평소 허구헌날 아까운 시간을
하릴없이 낭비 하면서도
신호등 앞에만 서면 몇 초를 못 참고 건몸 달아
냅떠서 건너가다 우두망찰 하게 된다
횡단보도 건너편에 반겨주는
행운의 문이 있는것 처럼 서둘러 갔는데

황단보도 중간쯤에
저승문이 먼저 열려 있더라
오늘도 수 많은 사람들의
구만리 같은 인생길이
뫼비우스 고리 중간쯤 에서 사라지고 있다

미어캣 : 아프리카에 살고있는 몽구스과의 포유동물
곤댓짓 : 뽐내며 우쭐거리며 하는 고갯짓

새벽 기도

새벽은 화를 몰고 찾아옵니다
인격과 가치관이 밤 새워
논쟁하며 설득하여
어떤 합의점을 찾았으니
새로운 날에는
새로운 헤게모니를 쥐고 시작하게 하소서
이성은 편견을 타일러
그 위에 개선문을 쌓으리니
건밤새우고 비쩌웁게* 다가온 새벽은
행복을 몰고 찾아오게 하소서
궁량스럽던* 계획이 현실의 아집에 수몰되거나
이기적으로 내세웠던 우렁찬 구호가
새날을 어둡게 물들이지 않게 하시고
소망이 쪼그라들어
붐비내리는 길거리에 버림받지 않게 하소서
비둘기 한 쌍이
군상들 위를 날아갑니다

> 비쩌웁다 : 떳떳하고 반듯하여 부끄러울 것이 없다
> 궁량스럽다 : 마음 속으로 이리저리 따져 생각함

비누와 희생

폐 식용유는 일면식도 없는 소다와
향료들과 만나 서로 자신을 양보하고
상대를 온전히 받아들인다
낯선 공정을 거쳐 완전하게 섞이면
어연드시 여의한* 비누로 환생한다
부처가 전생에
자신의 살점을 매에게 내주면서
비둘기의 생명을 구했듯이
비누도 자신의 살점을 깎아내어
더러운 세상을 깨끗하게 만든다
마침내 비누는 점점 작아져서
흔적 없이 사라지고
오늘도 온몸에
대가 없는 희생을 치룬
비누의 자비를 입고
말쑥한 척 한다

❚ 여의하다 : 일이 마음먹은 대로 되다

4부

꽃지 해변에서

머언 수평선이 낳은 파도는
밤을 새워
뭍으로 뭍으로 달려
꿈결을 넘어와
머리맡에 포말을 쏟아붓고
꿈속을 헤매는 잠꼬대와
수심을 챙겨 돌아간다
밤새 묵언으로 버티던 꽃지 해변*
붉은 동살이 핥아대
기지개를 켤때
어둠속 수얼거리던 바위섬들이
베일을 벗고
하나 둘 깨어난다
푸른바다 위 흰갈매기들
모여들면
먼 바다로 조업나간 배들도
여명의 돛 만선에 걸고
노젖는 소리 흥겹게
윤슬을 끄-을며
기다림의 항구로 돌아온다

▎꽃지 해변 : 충청남도 태안반도에 있는 해수욕장

고추잠자리와 춤을

투명한 만산홍엽 하늘아래 저멀리
곡선따라 춤추는산 우리강산 아리랑
들려온 풍악소리가 가을잔치 한마당일세

어젯밤 비개인하늘 잉크빛 붓칠하자
노랑빨강 단풍물결 꿈결처럼 흘러오고
바지랑 고추잠자리 오색댕기 조화롭다

봉머리 춤을추자 잠자리도 춤추어라
산자락 홍빛이라 고추잠자리 불콰할때
석양길 저나그네여 어느세월에 음유하리오

슬픈 며느리밥풀꽃

이팝진 보릿고개 후미진 양지녘
넋이라도 배가 고파
입 떡 벌리고 기진한 채
서글픈 보리밥 두 알 물고 있구나
그 두 알 어찌
한 맺힌 억장으로 삼킬 수 있을까

일 나간 정든님 시장할세라
밥짓다 주걱에 묻은 보리밥 두 알
하두 배가 고파 떼어 먹는걸 본
시어머니에게 밥 다 훔쳐 먹는다고
두둘겨 맞아 죽은 애동색시

올해도 어김없이 산자락에
낭군님 시장할세라
처연한 모습으로 피어났구나
앵두 같은 입술 안에
설운 보리밥 두 알 물고서

긍정과 부정

부정은
긍정이 꽃을 피워야할 이유가 되고
긍정은
부정이 소멸 해야할 가치가 된다
어둠이 빛을 이겨본 적이 없듯이
부정은 긍정을 이겨본 적이 없다

긍정은
나에게도 상대방에게도
생명수가 되지만
부정은
화려하게 꽃피워야할
희망과 꿈을 시들게 한다

꽃이슬

는개비* 소리없이
새벽 꿈길 저며오니
귀잠 깨어난 복사꽃
봄비에 젖어 영롱하게 반짝이네
명지바람 한 가닥
설레임의 봄자락 스쳐가니
아쉬움만 이랑이랑 뒤척이다
제 무게 못이긴 꽃이슬
두볼 타고 흐르네

❚ 는개비 : 안개보다 굵고 이슬비보다 가늘게 내리는 비

청둥호박

못생기고 애둔한 모습이지만
넉넉하고 반주그레한 만수받이 덧정이로다
어슴새벽 부터 보리저녁 까지
볕 잘 드는 발코니에서
해껏 먼 산 사무리고 있지

두메 재넘이 밭섶 가녁
돋을볕에 꽃이슬 반짝이던 시절
어린 떡잎으로 태어나
꿈을 찾아 헤매었지
비바람과 가뭄 속에서
도움 주는이 없었지만
세상을 다 얻은것 처럼 자신만만한
운두 넓은 황금색 꽃을 피웠지

못생긴 여인보고 호박꽃 같다지만
횡재를 하면
호박이 넝쿨째 굴러온다 하네

주말농장과 아우성

사월에서 오월로 건너올 때
애잔하게 춤추는 비발디의 사계는
땅을 꼬물꼬물 헤집고 솟아나와
바흐 G선상의 아리아 선율로 뻗어나간다
잡초는 속도가 야채보다 빨라
그레셤의 법칙*대로 성장한다
많은 야생화 중
잡초라고 부르는 순간
전동 예초기는 신속히 집행을 한다
아우성 지르는 잡초들
도미노 현상을 연상케 한다
줄느런하게 잘린 잡초를 보며
만족해 하는 농부의 표정
상심한 장마 속 일주일이 흘러가고
웃날갠 밭으로 나가보니
잘린 잡초들이 모두
오뚜기처럼 부활하여 설마를 다 덮었다

> 그레셤의 법칙 : 악화는 양화를 구축한다. (가치가 떨어진 것이 가치가 높은 것을 몰아낸다)

외출할 때

아침 출근 준비할 때
옷장을 열면
계절내내 고주박잠 자고 있던 옷들이
하품을 하며 일제히 깨어나 아우성을 지른다
주인님
오늘은 제발 절 데리고 나가주세요
꼭 외출을 하고 싶어요
오늘을 일년 동안이나
기다리고 또 기다렸어요
승용차를 타고 바람을 쐬며
도심을 드라이브 하고
사람들 구경도 하고싶단 말이예요
그러나
오늘도 주인은 자주 데리고 나갔던 옷을
데리고 나간다
옷이든 사람이든 눈밖에 나기는 쉽지만
눈에 들기는 매우 어렵다

청둥오리와 불광천

고추바람 살을 에는
영하 십삼도의 불광천
북한산에서 한강까지 구불구불
굽이치던 용트림도
하얗게 얼어붙어 마치 북극 같구나

여울목 터진 얼음사이
청둥오리 몇 마리 물장구 친다
주홍빛 맨발로 얼음장 위에서
한 발은 북한산에 한 발은 한강에 걸치고
하얀 겨울을 끌어당겨
강추위를 걸쳐 입고 즐거워 하는구나
아
개구장이들의 세상

얼음지치다 물에 빠지고
두 손 호호불던
그 시절 추억들이 실루엣 되어
꽁꽁 얼어붙은 불광천을
동심으로 여울져 흐른다

진드기 같은 놈

꽃 피고 새 우는 산
맑은 바람에 계곡물 흐르는 곳에
지친 마음 힐링하러 갔다가
나도 몰래 진드기 한 마리 묻혀왔다
허밍*하며 샤워하다
피부 속으로 파고 들어가는 놈을 발견했다
반쯤 파고 들어간 놈을
핀셋으로 필사적으로 끄집어 냈으나
모가지가 떨어져 몸뚱이만 꺼냈다

머리통만 남은 진드기는
피부를 계속 파고 들어간다
핀셋으로는 더 이상 어찌할 수 없어
병원에 가서 외과적으로 꺼냈는데
또 있다
이처럼 걸렸다 하면 끈질긴 녀석이
순수한 이성만을 찾아내어
밤낮 없이 전화나 문자로
영혼을 파고드는 보이스피싱

▌ 허밍 : 콧노래

명태와 일생

망망대해 가 없는 수평선 위
하늘 끝까지 쌓여있던 푸른 창공이
동그랗고 투명한 눈 속에 진주처럼 담겨있고
수평선 아래 깊이를 가늠 못할 사연들
못다한 전설을 얘기하고 있구나
한 때 거친 파도와 먹이사슬 헤치고
고난의 미덕을 노래하며 오대양을 누비던 꿈은
속절없이 돛대 끝에 매달려
기회주의자 갈매기와 거래하느라 여념이 없었지
이제 낯선 도회지 밥상 위에서
짭쪼름하고 비릿한 내음 풍기며
날카로운 젓가락 해부에 몸을 맡기고
진실과 거짓이 여지없이 갈라지는 아픔 속에서
진실은 모두 어디로 가고
쟁반위에 앙상한 서덜*만 남아있는가
커다란 동공 속에는
푸른 파도와 간내 배어든
바다의 향수 어린
그리움이 염장되어 있구나

▌ 서덜 : 생선의 살을 발라내고 남은 뼈와 대가리

김일성 별장

담수호는 수평선이 그리워
동해로 나가자 재우치고
동해는 끊임없이
철썩이며 들어오고자 졸라대는
화진포 해안사구
아름드리 노송들이
바람 샐 틈 없이 경호하고
그 뒤 우뚝선 응봉이
동해를 물끄러미 바라보고 있는 기슭
나무 사이로 보일 듯 말 듯 숨어있는
김일성 별장
이 아름다운 천혜의 절경 속에서
어떻게 그런 무서운 계획을 꾸미고 있었을까
별장에서 내려다 보이는 꿈속 같은 절경은
미켈란젤로 천지창조의
닿을 듯 말 듯 하는 손가락처럼
동해와 담수호가
닿을 듯 말 듯
만날 수 없는 모습이
마치 남북의 현실 같구나

태종대*

그 때의 언약은
아직도 가파른 수직 절벽을 붙들고
아슬아슬한 질곡의 삶을 살아가고 있구나
절벽 바위 틈에 단단히 뿌리를 내리고
추락하지 않도록 얼싸안고
서로를 위로하며
또 그렇게
다가오는 날들을 살아가겠지
가끔 손님처럼 찾아오는 태풍은
뿌리를 송두리째 뽑아낼 기세로
온갖 헤살을 부리지만
내일도
까치발로 천길 벼랑을 꼭 붙들고
두 팔로 끝 없이 펼쳐진
바다를 품을 것이다
38년 전
신혼여행을 왔던 그 때 처럼...

▌ 태종대 : 부산광역시 영도구에 있는 유원지

보름달님과 깊은 밤에

삼복더위 해 저문 까치노을 따라

찾아온 임이시여

해껏 무더운 유랑길에 쌓인

여독 풀고 가소서

시향의 쪽배 젓고 있는

깊은 밤 옆자리에서

삼경이 넘도록 시어를 시울질 하다

꿈만 낚아 가셨구려

고독한 참새

한파는 촌음의 자비도 없는
혹한의 플랫폼을 타고 왔다
추위는 물 샐 틈 없이
경계하고 있는 마음벽 뚫고 찾아온다
두꺼운 어둠의 장막
예리한 새벽 동살에 찢겨진
동녘 아래로 새날이 밝아온다
온기 없는 들녘은 작은 아량을 베풀어
참새에게 꽁꽁 언
가을의 결과물 몇알을 남겨준다
춥고 긴 어둠의 허기를 초다짐*으로 얼요기한
참새는 얇고 인색한 햇살을 받으며
하루를 살아갈 힘을 얻는다

온 몸을 짓누르던 고독사 기운이
햇살에 물러가는 단칸방

▌ 초다짐 : 정식으로 식사하기 전의 요기나 입가심

반려견의 정체성

자존심도 체면도
주인을 위해 다 버렸다
욕심도 희망도
주인 앞으로 모두 돌렸다
그 이후로
소유권 없이 목소리만 남아
이방인을 보고도
바람을 보고도
짖어 대는 데에만 열중했는데
주인은
짖는 것조차 포기하라
성대 수술을 강제한다
이제 반려견의 정체성은 없다
꼬리 흔들며
아양떠는 것 밖에는,,

매미소리

바람 한 점
더위 자락 들추면
늘어진 능수버들 가지마다 하늘하늘

솔미 솔미
매미소리 소나기처럼 몰려올 때
소나기 노드리듯* 버들가지 천실만실

땡볕이 관념을 송두리째 꿰뚫을 때
이성적 인내로 버티어내면
승없다* 하지 아니하리

노드리듯 : 굵고 곧게 뻗친 노끈처럼
승없다 : 체신 없다

영암 상대포

구곡간장 맺힌 한 훑어내리는
구성진 서편제 소리
세상사 응어리진 바위너설 끝 돌아
영암 고을에 중중모리로 울려 퍼지면
천황봉 너머로
푸르른 달빛이 위영청 밝아라
백두산 장군봉 기운이 백두대간을 치달아
호남정맥을 다스리고 월출기맥을 이루니
상서로운 기운은 천황봉에서 흘러
도갑사에 잠시 쉬었다가
구림 상대포*에서 여로를 풀고
영산강을 따라 서남해로 흘러가느니
백제의 문화를 싣고
상대포를 떠난 왕인박사는
일본땅에 찬란한 아스카 문화를 꽃 피웠네

오늘 밤도
위영청 밝은 달은
천황봉 위로 높이 떠올라 영암 고을을 비춘다

> 상대포 : 영암군 군서면 구림 마을에 있는 포구로서
> 옛날에는 국제 무역항 역할을 하였다

양달사* 장군과 을묘왜변

관직에서 물러나
효孝를 다하고자 하지만
육천의 왜구들이
침략해온 왜변으로
나라가 풍전등화에 처하게 되었으니
어찌 충忠과 효孝를 나눌 수 있으랴
효孝를 잠시 접어두고
구국의 일념으로
상복을 입은 채
분연히 떨쳐 일어나
의롭고 용맹한 장정 4천을 모아
영암까지 밀고 들어와
노략질을 일삼던 왜구를
지혜로운 전술과 기개로 무찔렀으니
그가 바로 조선 최초 의병장인
남암공南巖公 양달사梁達泗 장군이다

충忠을 다하고서

다시 접어둔 모친 시묘살이를 계속하여

효孝를 행하고자 하지만

을묘왜변 전투시 입은 상처로

41세 나이로 사망 하였으니

충忠과 효孝를 다하고

장렬하게 산화한 충신忠臣이요

양달사 : 1518년 영암군 도포면 에서 태어나 무과를 두 차례 급제하고 해남현감으로 재직중 모친 사망으로 관직에서 물러나 상복을 입고 시묘살이 하던 중 1555년에 을묘왜변이 발발하여 완도에서 영암까지 왜구에게 짓밟히게 되자 조정 명령이 없이 의병 4천을 급히 모집하여 왜적을 무찔렀으나 상중임을 부끄러워 하여 공을 내세우지 못하고 전투시 입은 상처로 이듬해인 41세에 사망하였다.

을묘왜변시 왜구에 항복하거나 도망갔던 무능한 벼슬아치들이 공을 가로채었으나 요즘 그 진실이 밝혀지고 있다

골프공 짝사랑

남자들은 작고 볼 품 없는
나를 두고 명예를 건다
내가 온통 장안의 화젯거리이고
술좌석에서는 최고의 안줏거리가 된다
평소에 젖 먹던 힘까지 다해 매를 때리다가도
홀 주변에만 오면
마치 성스러운 성소에 온 것처럼
갑자기 경건해지고 매우 얌전해진다
홀 옆에서는 말도 없고
힘이 다 빠진 사람처럼 보인다
하두 맞아서 눈물 콧물로 범벅이 된 나를
닦아주고 매만지고 야단법석이다
나를 홀 속으로 들여보낼 때는
신앙처럼 중얼중얼 기도를 하기도 한다
홀 속에는 아마도 그들의 신이 살고 있나보다
내가 직접 들어가서
확인을 해봐야 할 일이다
내가 홀 안으로 들어가면 그들은
미친 사람처럼 소리를 지르며 좋아한다
남자들은 홀 속으로 어렵게 집어 넣었을 때
비로소 무엇을 이루었다고 한다